ANJOS CAÍDOS

OBJETIVA

HAROLD BLOOM

ANJOS CAÍDOS

Tradução
Antonio Nogueira Machado

Ilustrações
Bruno Liberati

© by Harold Bloom mediante acordo com
Writers' Representatives LLC. Todos os direitos reservados.

Todos os direitos desta edição reservados à
EDITORA OBJETIVA LTDA., Rua Cosme Velho, 103
Rio de Janeiro – RJ – CEP: 22241-090
Tel.: (21) 2199-7824 – Fax: (21) 2199-7825
www.objetiva.com.br

Título original
Fallen Angels

Capa
Andrea Vilela de Almeida sobre ilustração original de Bruno Liberati

Revisão
Lucas Bandeira de Melo
Marcelo Magalhães
Lilia Zanetti

Editoração Eletrônica
Abreu's System Ltda.

CIP-BRASIL. CATALOGAÇÃO-NA-FONTE
SINDICATO NACIONAL DOS EDITORES DE LIVROS, RJ.
B616a
    Bloom, Harold
        Anjos caídos / Harold Bloom ; ilustrações Bruno Liberati ; tradução
    Antonio Nogueira Machado. - Rio de Janeiro : Objetiva, 2008.

        83p. : il   ISBN 978-85-7302-919-2
        Tradução de: *Fallen angels*

        1. Anjos. I. Titulo.

08-3415   CDD: 202.113
                                                CDU: 27-167.64-185.325

Sumário

Ilustrações 7
Anjos Caídos 9

Ilustrações

O Diabo Propriamente Dito   16
Anjos Não-caídos Falavam
   (e Falam) Hebraico   29
A Metamorfose de Elias   31
Demônios   40
Lilith   42
Diabos   46
Nossa Queda   54
O Bem e o Mal   64
Metatron   66
Sammael, o Anjo da Morte   69

Sitra Ahra, ou "O Outro Lado" 74
Angelismo 80
Anjos Caídos 82

Anjos Caídos

Por três mil anos, temos sido visitados por imagens de anjos. Essa longa tradição literária se expande da antiga Pérsia para o judaísmo, o cristianismo, o islamismo e as várias religiões americanas. Com a aproximação do milênio, nossa obsessão por anjos se intensificou. Mas esses anjos populares eram benignos, na verdade banais, até mesmo insípidos. A década de 1990 viu a publicação de vários livros sobre anjos, sobre contato e comunicação com anjos da guarda, sobre intervenção, cura e medicina angélicas, sobre números e cartas de oráculos angelicais – houve até "kits anjo" (é até difícil de se imaginar). *Este Mundo Tenebroso*, publicado originalmente em 1986, e sua continuação em 1989, *Piercing the Darkness* (Penetrando a escuridão), que descrevem a luta entre demônios e anjos na fictícia cidade universitária de Ashton, estiveram entre os mais vendidos no gênero chamado ficção cristã. *Este Mundo Tenebroso* vendeu mais de 2,5 milhões de exemplares nos Estados Unidos. *O Livro dos Anjos,* de Sophy Burnham, editado originalmente pela Ballantine Books em 1990, esteve na lista dos mais vendidos do *New York Times* e é um dos livros a que freqüentemente se atribui o mérito de ter iniciado o próspero surto de livros de angelologia. Segundo o editor, o livro "conta não somente as extraordinárias histórias verdadeiras de encontros atuais com anjos, como também rastreia o entendimento e o estudo de anjos através da história e em diferentes culturas. Como são os anjos? Quem escolhem visitar? Por que aparecem muito mais vezes a crianças do que a adultos? Eloqüente relato de onde a terra e o céu se encontram, *O Livro dos Anjos* é um mergulho em busca dos mistérios e uma canção de louvor à vida." Em 1995, o popular *Angelspeake: How to Talk with Your Angels* (Angelíngua: Como falar com seus anjos), de Barbara Mark e Trudy Griswold, ofereceu um guia "prático" aos leitores. A década viu, também, a exibição de grande número de filmes cujos protagonistas eram anjos; para mencionar apenas alguns, *Asas do Desejo* (1988), *Anjos Rebeldes* (1995), *Michael, Anjo e Sedutor* (1996), *Encontro Marcado* (1998) e *Dogma* (1999). Havia também camisetas, canecas, cartões-postais, jóias e óculos de sol com anjos. De acordo com uma rápida pesquisa na Amazon.com, também não diminuiu de forma significativa a febre de anjos desde a passagem do milênio. Para citar apenas alguns livros recentes: *Contacting Your Spirit Guide* (Contactando seu espírito-guia), de 2005, *Angels 101: An Introduction to Connecting, Working, and Healing with Angels* (Uma introdução à maneira de se relacionar, trabalhar e curar com anjos), de 2006, e *Angel Numbers* (Números angélicos), de 2005, um guia de bolso para "significados angélicos de números, de 0 a 999".

Existem também obsessões populares por anjos caídos, demônios e diabos, que só raramente são insípidos. O grande astro desse grupo, Satã, começou como o que agora chamaríamos de "um personagem literário" muito antes de sua apoteose no

Paraíso Perdido, de John Milton. Seria melhor explicar precisamente o que quero dizer nessa introdução, já que muitas pessoas confundem problemas de representação literária com as questões bem diferentes de crença e descrença. Pode-se provocar um grande sentimento de injúria com a observação verdadeira de que o culto ocidental a seres divinos é baseado em vários exemplos distintos, porém relacionados entre si, de representação literária. O Javé (Jeová) da escritora J, primeira dos autores hebreus, é certamente um espantoso personagem literário, concebido com uma mistura de alta ironia e autêntico temor. O Jesus do Evangelho de Marcos pode não ser o primeiro retrato literário do filho de Maria, mas certamente se mostrou o mais influente. E o Alá do Corão é visivelmente

um monologuista literário, já que sua voz fala todo o livro, em tonalidades que demonstram uma personalidade abrangente.

Demônios pertencem a todas as épocas e a todas as culturas, mas anjos caídos e diabos emergem essencialmente de uma série quase contínua de tradições religiosas que começa com o zoroastrismo, a religião mundial dominante durante os impérios persas, e passa dele para o judaísmo na época do Cativeiro da Babilônia e no pós-cativeiro. Há uma transferência bem ambivalente de anjos maus do judaísmo tardio para o cristianismo inicial, e depois uma transformação positivamente ambígua das três tradições angélicas no islamismo, difícil de rastrear, precisamente porque sistemas neoplatônicos e alexandrinos como o hermetismo entram na mistura.

Ao lado: O Diabo Propriamente Dito

Para a maior parte de nós, o anjo caído propriamente dito é Satã, ou o próprio Diabo, cuja história literária inicial está em grande desacordo com seu estado evolutivo de celebridade. O Livro de Jó, obra de data incerta, parece-me uma presença tão surpreendente no cânone da Bíblia Hebraica, como são o Eclesiastes e o Cântico dos Cânticos. O Livro de Jó começa quando um anjo chamado o *satã*, que parece ser o advogado de acusação de Deus, ou acusador dos pecados, entra no tribunal divino e faz uma aposta com Deus. O satã é um dos "filhos de Deus", em boa posição, embora a palavra hebraica *satã* signifique um obstrutor, alguém que é mais uma pedra no caminho, um obstáculo, do que uma força adversária. Neil Forsyth, cujo livro sobre Satanás, *The Old Enemy* (O velho inimigo), de 1987, continua insuperável, observa que "a palavra grega que designa 'pedra no caminho', obstáculo, é *skandalon*, que dá não somente 'escândalo' mas também (em inglês) '*slander*' (calúnia, difamação)". Este primeiro satã, o de Jó, parece ser o diretor da CIA de Deus e se transforma em notícias muito ruins para o pobre Jó. Forsyth rastreia a trajetória descendente de Satã até o livro do profeta Zacarias, onde Javé repreende Satã por abuso de poder, mas não o destitui de seu ofício de Acusador.

Assim, a Bíblia Hebraica tem a palavra *satã*, mas não tem absolutamente o próprio Satã – anjo caído, diabo e chefe de demônios. Satã propriamente dito, que se tornou crucial para o cristianismo, não foi uma idéia judaica mas persa, inventada por Zoroastro (Zaratustra) mais de mil anos antes da época do Jesus histórico. Demônios, na verdade, são universais – cada cultura, cada nação, todos os povos os tiveram desde o início –, contudo Zoroastro foi muito além das concepções iranianas de demônios quando moldou Angra Mainyu, que mais tarde seria chamado Ahriman, o Espírito do Mal. Vigoroso em matéria de maldade, Ahriman era irmão gêmeo de Deus, o que evidentemente é uma idéia que o cristianismo não estendeu à sua versão de Ahriman, o Satã do Novo Testamento. Quem, afinal de contas, teria sido o pai que gerou tanto Deus quanto Satã? Há tradições esotéricas que fazem de Satã irmão gêmeo de Cristo; em última análise, isso é um retorno à visão de Zoroastro. Satã – a maior combinação de anjo caído, demônio e diabo – perturba a todos nós porque sentimos que nossa relação com ele é muito íntima. Os românticos são freqüentemente responsabilizados por esse prazer, mas acho que isso é mais antigo do que o Romantismo e toca elementos profundos dentro de nós, embora os românticos, e Lord Byron em particular, possam receber o crédito de terem realçado esses elementos.

Suspeito que todos nós, quase todos, temos atitudes ricamente ambíguas ante a idéia de "anjos caídos", e muito menos ambíguas em face da idéia de "diabos", quanto mais de "demônios". Não tomamos necessariamente como ofensa quando alguém nos diz "Você é o diabo!" Ou nos chama de "um cara diabólico", ou até "uma diabinha". Às vezes, aceitamos, com reservas, sermos chamados de "demônios", particularmente quando a referência é à intensidade de nossas energias. Contudo, não conheço muitos, na literatura ou na vida, que não fiquem até encantados em serem chamados de "um anjo caído". Anjos caídos, embora teologicamente identificados com "diabos" e às vezes com "demônios", conservam um *páthos*, uma dignidade e um singular glamour. De alguma forma, o qualificativo não anula o substantivo; embora caídos, eles continuam anjos. T. S. Eliot tendia a pôr a culpa disso em John Milton, e certa vez se referiu ao Satã de Milton como um herói byroniano de cabelos anelados. Embora essa fosse uma descrição tola do trágico vilão de *Paraíso Perdido*, refletia fielmente uma identificação cultural que persuadiu o século XIX e ainda leva uma espécie de existência *underground*.

George Gordon, Lord Byron, foi e é o próprio Anjo Caído. Seus vários imitadores, que vão de Oscar Wilde a Ernest Hemingway e Edna St. Vincent Millay, jamais conseguiram suplantá-lo. As irmãs Brontë, ardentemente apaixonadas pela imagem de Byron, proporcionaram imitações melhores dele com Heathcliff, de Emily, e Rochester, de Charlotte. Estrelas do rock inglês, nem sempre conscientemente, muitas vezes são paródias do nobre Lord Byron, e o mesmo acontece com numerosos astros do cinema. Byron foi magnificamente ambíguo em seu narcisismo: incestuoso, sadomasoquista, homoerótico e celebremente fatal para as mulheres. Seu notório carisma emanava de sua auto-identificação como um anjo caído: ele é Manfredo, Caim, Lara, Childe Harold – todos versões do Satã miltoniano. A enorme popularidade de Byron na Europa e nas Américas foi imensamente estimulada por sua morte heróica aos 36 anos, tentando liderar bandoleiros gregos numa revolta contra os turcos. Mas sua morte, vida e poemas, juntos, provavelmente não se igualaram em notoriedade ao seu papel popular como o mais sedutor de todos os anjos caídos.

Em sua maravilhosa sátira *The Vision of Judgement* (A visão do juízo), Byron fez um atraente retrato de Satã:

Mas fechando o cortejo desta brilhante hoste
    Um Espírito de aspecto diferente agitava
Suas asas, como nuvens de trovoada no céu de uma
    costa
    Cuja praia deserta é freqüentemente coberta
        com destroços –
Seu semblante era como o Alto-Mar quando
    açoitado pela tempestade –
    Ameaçadores e insondáveis pensamentos
        esculpiam

Eterna cólera em sua face imortal –
E *onde* ele fitava uma escuridão impregnava o Espaço.

Esse é obviamente um camarada sombrio mas não indigno, e, como a maioria das representações satânicas nos projetos de Byron, é o próprio Byron. Seus diabos não são alegres, como Mefistófeles em *Dr. Faustus*, de Marlowe, e no *Fausto*, de Goethe, mas são sempre nobres, como Lord Byron, que nunca permite que os leitores esqueçam a alta linhagem de seu poeta. Demônios e diabos em geral não são exatamente nobres, mas anjos caídos quase nunca são vulgares ou plebeus. Anjos benignos muito freqüentemente parecem confundir sua inocência com ignorância, mas anjos caídos sempre parecem ter passado por uma educação à moda antiga e uma criação correta. Byron era um dândi e um esnobe da Regência, e pode ter inspirado a tradição visual em que anjos caídos tendem a despir os não-caídos, que de qualquer jeito estão freqüentemente nus.

Existe, como continuo a observar, uma fundamental dualidade de reação que a maioria de nós experimenta em relação a todas essas três perigosas entidades: anjos caídos, demônios e diabos. Eles provocam em nós tanto a ambivalência quanto uma certa ambigüidade de afeto. Essa mistura de prazer e horror é mais antiga do que o Romantismo e mais universal do que a tradição ocidental. Ibsen, ele próprio pelo menos meio *troll,** nos deu grandes *trolls* em *Brand*, *Hedda Gabbler*, *Solness, o Construtor*,

---

* Espírito maléfico, criatura antropomórfica do folclore escandinavo que habita montanhas e cavernas; trasgo. (N. do T.)

e vários outros, e um meio-*troll* em *Peer Gynt*. Com certa relutância, Ibsen seguiu Shakespeare, cujo Puck é manifestamente um *troll* inglês, mas cujos vilões – Iago, Macbeth, o Edmund de *Rei Lear* – são mais demoníacos e maléficos do que a princípio parece inteiramente compatível com a condição humana. Mas isso faz parte da invenção shakespeariana do humano: ensinar-nos a dimensão do espaço em que muitos de nós são mais anjos caídos do que diabos. Hamlet, que é seu próprio Falstaff, também é, em grau surpreendente, seu próprio Iago, e Hamlet se tornou um paradigma para todos nós. Hamlet é um anjo caído? Nós somos anjos caídos? Ambas as perguntas podem ser descartadas como tolas, absurdas, mas têm suas reverberações.

Presumivelmente, os anjos não-caídos, não degradados, falavam (e falam) hebraico, já que o Talmude e a Cabala insistem que Deus falou hebraico no ato da Criação; e qual língua ele poderia ter ensinado aos anjos senão hebraico? Anjos caídos são notoriamente poliglotas e, às vezes, têm se transformado em seres humanos. Sabemos que Enoque começou como um mortal e depois foi transformado no grande anjo Metatron, que, nas tradições gnóstica e cabalística, era conhecido como o Javé menor, mais do que um anjo e quase co-governante com Deus. Nosso pai Jacó tornou-se Uriel, anjo favorito de Emerson, e depois o anjo Israel. O arrebatado profeta Elias subiu ao céu num carro de fogo e na chegada se metamorfoseou no anjo Sandalphon. Franciscanos dissidentes

proclamaram que seu grande fundador, Francisco de Assis, era não apenas santo mas o anjo Ramiel. O processo segue em ambas as direções, e sempre nos leva de volta a Adão, talvez em posição mais alta do que os anjos quando ele começou, certamente mais baixa do que a dos anjos quando caiu – mas que posição ele ocupa em comparação com anjos caídos?

O centro de qualquer discussão sobre anjos caídos tem de ser Adão, que me parece um anjo caído muito maior do que Satã. Mesmo como uma idéia da imaginação, os anjos só têm importância se nós tivermos importância, e nós somos (ou fomos) Adão. Para que as feministas não discordem, lembro a todos nós que o Talmude e também a Cabala afirmam que Adão, originalmente, era andrógino, como

o era seu protótipo, Deus. Enoque, Elias, Metatron e Deus podem ser a mesma figura, uma formulação que aparenta ser puramente mormônica ou gnóstico-cabalística, mas que Moshe Idel rastreia convincentemente até chegar a especulações muito antigas, talvez ao próprio judaísmo arcaico, antes mesmo que a escritora J, ou jeovista, recontasse a história de Adão e Eva mais ou menos como a temos posteriormente. A metamorfose apoteótica de Enoque em Metatron é um retorno de Adão, interpretado pela Cabala como o Homem-Deus original, uma fusão para além dos limites da nossa imaginação. Certos gnósticos falavam do Anjo Cristo como sendo o Adão reconstituído, uma visão que se contrapõe a São Paulo, uma vez que o Anjo Cristo não é um Segundo Adão, mas a verdadeira forma do Primeiro Adão.

Mais uma vez, aqui estou menos interessado no anjo Adão do que no seu status de caído. Podemos ser anjos caídos sem ser demônios ou diabos, e por esse motivo quero ver quais esclarecimentos podemos obter ao reconhecer isto. Anjos – não-caídos ou caídos – para mim só fazem sentido se representam algo que foi nosso e que temos o potencial de nos tornar de novo. As pessoas que chamamos de esquizofrênicas em tempos passados eram chamadas de anjos; talvez ainda devessem ser chamadas assim, o que certamente não implica que doença mental seja um mito ou que não se deva descobrir a cura para tal doença. *Alteridade* é a essência dos anjos; mas também é nossa essência. Isso não significa que os anjos sejam nossa alteridade ou que nós sejamos a deles. Antes, eles manifestam uma alteridade ou possível semelhança com a nossa, nem melhor nem pior, mas apenas graduada em escala diferente. O Museu do Vaticano coleciona anjos; nisso, estão juntos devoção e interesse próprio. O que o Vaticano e também a Religião Americana não aceitariam é minha crescente convicção de que *todos* os anjos, agora, são necessariamente anjos caídos, da perspectiva do humano, que é a perspectiva shakespeariana. Todo anjo é aterrorizante, escreveu o poeta Rilke, que não tinha enfrentado uma tela de cinema na qual John Travolta brincava como um anjo.

O que pode significar afirmar que, ainda assim, não é possível uma distinção entre anjos não-caídos e caídos? Nós somos Adão (ou Adão e Eva, se vocês

preferem) caído, mas já não somos
caídos no sentido agostiniano ou cristão
tradicional. Como Kafka profetizou, nosso
único pecado autêntico é a impaciência:
é por isso que estamos nos esquecendo
de ler. A impaciência é cada vez mais uma
obsessão *visual*; queremos ver uma coisa
instantaneamente e depois esquecê-la.
Leitura profunda não é assim; leitura exige
paciência e memória. Uma cultura visual
não consegue distinguir entre anjos caídos
e não-caídos, uma vez que não podemos *ver*
nenhum dos dois e estamos nos esquecendo
de como ler a nós mesmos, o que significa
que podemos ver *imagens* de outros, mas não
podemos realmente enxergar os outros nem
a nós mesmos.

Momentaneamente, ponha de lado seu provável ceticismo e suponha comigo que nós *somos* anjos caídos, uma categoria maior, na minha opinião, do que a de diabos e demônios. Numa redução popular, freqüentemente achamos que criancinhas são anjos, refletindo convenções vitorianas. Assim que crescemos, nós caímos, ou, mais simplesmente, somos caídos. Mas isso é um pouco simples demais, já que nossa atual obsessão americana por anjos é mais pueril do que inocente. Os anjos antigos não caíram porque ficaram adultos, embora esta seja certamente uma versão do argumento satânico. C. S. Lewis, eminente defensor da ortodoxia, sustentava exatamente o oposto: os anjos que caíram foram aqueles que não conseguiram amadurecer. William Empson, em seu *Milton's God* (O Deus de Milton), discordou do angélico C. S. Lewis, observando que o próprio Deus provocou a rebelião de Satã. Santo Agostinho, *hélas*, tem de ser nossa autoridade definitiva sobre a Queda. *A Cidade de Deus*, obra-prima de Agostinho, diz que Satã e seus companheiros caíram por causa de orgulho, o que me parece muito diferente de imaturidade.

Responsabilizo Agostinho por grande parte da desesperança ocidental, por ter assertado que a queda de Satã aconteceu *antes da criação de Adão*. A idéia mais original (e perniciosa) de Agostinho é a de que, como caímos com Adão e Eva, somos sempre culpados e pecadores, desobedientes e lascivos. Pessoalmente, concordo com os gnósticos, que diziam que caímos quando nós, os anjos e o cosmo fomos todos criados simultaneamente. Segundo o relato gnóstico, que também foi adotado por cabalistas e sufistas, nunca houve anjos ou homens não-caídos, nem mulheres nem mundo não-caídos. Chegar a existir como ente definido era ter abandonado o que os ortodoxos chamavam de Abismo original, mas os gnósticos chamavam de Mãe e Pai Ancestral. O anjo Adão foi um anjo caído logo que pôde ser distinguido de Deus. Como um gnóstico dos nossos dias, eu afirmo alegremente que todos nós somos anjos caídos, e trato agora de nos separar e de nos afastar para longe de nossos primos mais antipáticos, os demônios e os diabos.

Demônios são universais e pertencem a todos os povos de todas as eras. A antiga Mesopotâmia foi particularmente infestada por demônios: espíritos do vento, eles podiam entrar em qualquer lugar e demonstravam feroz obsessão pelo estrago da harmonia sexual humana. A estrela desses demônios era Lilith, que mais tarde reapareceu como primeira esposa de Adão na tradição talmúdica e cabalística. Afastada pela criação de Eva, Lilith partiu para o litoral levantino e continuou sua carreira como tentadora sexual acima de todas as outras. Embora a Babilônia fosse particularmente infestada de demônios, nossa herança demoníaca é infindável. A Índia antiga, que via demônios por toda parte, estabeleceu o horrendo precedente de demonizar os povos de pele escura que

detinham a posse do Norte quando os invasores indianos chegaram. O Egito, nos tempos mais antigos de que temos registros, associava toda mudança aos demônios: a noite não podia cair, nem o ano terminar, sem a intervenção demoníaca. Com a velhice, a doença e a morte vistas como demônios por todas as culturas, podemos nos perguntar como o demoníaco conseguiu a estranha ambigüidade a ele atribuída por muitas tradições ocidentais.

Hoje, lembramos o escritor do século II Apuleio por sua obra-prima helenística, a esplêndida narrativa chamada *O Asno de Ouro*. Historicamente, Apuleio é mais importante por seu ensaio *Sobre o Deus de Sócrates*. "Deus" aí significa o *daemon* de Sócrates, um espírito que fazia a mediação entre Sócrates e o divino. De acordo com Apuleio, os

Ao lado: Lilith

daemónia têm corpos transparentes, pairam na atmosfera e, assim, podem ser ouvidos mas não vistos. Embora transparentes, os *daemónia* são constituídos de matéria, e alguns, como o de Sócrates, são benignos, representando a nossa genialidade. Como um bom neoplatônico, Apuleio acreditava que cada um de nós tem um *daemon* particular, um espírito guardião. Numa excentricidade da história cultural, os *daemónia* amigáveis, entre os quais estavam os espíritos do sono e do amor, vieram a ser associados por teólogos cristãos medievais com *demônios* ou anjos bastante caídos, como o "príncipe do poder e do ar" de São Paulo. Há mil anos tem existido uma estranha cisão, pela qual muitos cristãos vêem o "daemoníaco" e o "demoníaco" como sendo a mesma coisa. Em minha opinião, isso é

duplamente lamentável, porque o *daemon* é
a nossa genialidade, nos sentidos estético e
intelectual, e misturar nossos dons com o
terrível universo da morte é um desastre.
Mas o outro aspecto do infortúnio é até
mais sombrio: todos nós podemos ser, como
sugiro, anjos caídos, mas nosso espírito
guardião ou *daemon* nos protege, como fez
com Sócrates, das piores conseqüências
morais de nossa queda. Misturar *daemónia*
com demônios é colocar a nós mesmos em
perigo, desnecessariamente.

Mas isso, por sua vez, me traz à terceira
categoria desta discussão: os diabos. O
Diabo propriamente dito é Satã, e volto a
ele, agora em seu papel no Novo Testamento
e sua subseqüente carreira literária e real.
Há um número impressionante de satãs, e
quero distinguir, entre as figuras principais

aglomeradas sob esse nome horrivelmente selvagem, o mais selvagem de todos. Quando e onde ele fez a primeira maldade ou, pelo menos, quando foi que adquiriu a fama de culpado por nada menos que tudo? Não na Bíblia Hebraica, como vimos, na qual ele continua sendo um instrumento de Deus. Mas no Livro das Crônicas, Satã, um tanto ambiguamente, parece atuar independentemente de Deus, quando o rei Davi comete um erro espetacular e realiza um recenseamento, estimulado por Satã e supostamente contra a vontade de Deus. Na literatura judaica apócrifa e apocalíptica, particularmente nos Livros de Enoque, começa uma transição completa para o Livro de Jubileus, em que Satã aparece sob o nome de Mastema, embora mesmo em Jubileus a condição de Mastema não esteja plenamente definida. Os Pergaminhos do Mar Morto chamam Satã de Belial e pela primeira vez o identificam com o mal radical, em plena rebelião contra Deus. Estamos a um passo da carreira verdadeiramente independente de Satã, que encontra avaliações contrastantes em relatos gnósticos e cristãos. Exatamente como não há uma origem única para Satã, não existe nenhuma história definitiva sobre ele. O Iago de Shakespeare e o Satã de Milton iluminam retrospectivamente o Satã dos antigos, que sob muitos aspectos é uma concepção muito menos imaginativa do que aquela em que ele iria se transformar 1.500 anos mais tarde.

Receio que os satãs dos quatro evangelhos sejam essencialmente o que agora classificamos como exemplos de anti-semitismo. Os autores dos evangelhos colocam identificações de Satã e do povo judeu na boca de Jesus, e essas paródias maldosas têm causado imenso dano ao povo judeu e ao Jesus autêntico, quem quer que você ache que ele tenha sido. O Jesus retratado no Evangelho de João é particularmente ultrajante nesses ataques aos "judeus", mas Jesus não é meu assunto aqui. Meu assunto é Satã ou o Diabo, mas eu questiono se os evangelhos canônicos do Novo Testamento realmente nos fornecem alguma visão coerente de Satã. Na essência, o Satã dos autores do evangelho é uma metáfora que abrange todos os judeus que não aceitam Jesus como o Messias.

São Paulo, cujos escritos precedem a todos os quatro evangelhos, não está muito interessado em demônios. Isso nos deixa com o Apocalipse de São João, cujo Satã é mais central, porém como um princípio cosmológico. O Novo Testamento alude freqüentemente a Satã, mas quase nunca o confronta. Milton, em seu grande poema épico *Paraíso Perdido,* inventou verdadeiramente o Satã literário, a quem admiro muito, em seu primeiro discurso, quando ele acorda no Inferno:

Se és tu; mas Oh quão caído! Que diferença
Dele, que nos felizes reinos de luz
Vestido com luminância transcendente brilhou mais
 que
Miríades já julgadas brilhantes: se és tu quem, com
 liga mútua,
Juntava pensamentos e conselhos, igualava
 esperança
E perigo no empreendimento glorioso,
Unira-se comigo uma vez, agora a desgraça se
 juntou

Em ruína igual: em qual buraco tu vês
De qual altura tens caído, assim mais forte se provou
Ele com a trovoada: e até então quem conhecia
A força daquelas armas terríveis? Mas nem por elas,
Nem por aquilo que o potente vencedor na sua ira
Possa também infligir, eu me arrependo ou mudo,
Embora mudado em brilho exterior, essa mente fixa
E o desdenho alto, do senso de merecimento
    injuriado,
Que com o mais poderoso me levou a contender,
E à disputa trouxe consigo
Uma força inumerável de espíritos armados
Que ousara desgostar do reino dele, e me preferindo,
Seu poder extremo se opôs ao poder adverso
Em batalha duvidosa nas planícies do céu,
E abalou seu trono. E se o campo se perdeu?
Tudo não está perdido; a vontade invencível,
E estudo de vingança, ódio imortal,
E coragem para nunca se submeter ou se render:
E o que há mais para não se vencer?
[Canto I, 84-109]

William Blake observou que Milton era do partido do Diabo sem sabê-lo, e esta soberba oração manifesta enorme afinidade imaginativa, por parte do poeta, com a postura de Satã. Shelley, em certo sentido, foi preciso quando observou ironicamente que o Diabo devia tudo a Milton, embora também pudesse ter dado parte do crédito – se esta é a palavra certa – a Santo Agostinho.

A Bíblia Hebraica não tem anjos caídos, já que eles não são uma idéia judaica. O Satã do Livro de Jó é um advogado de acusação, um funcionário de Deus de excelente reputação. Em Isaías 14: 12-14, quando o profeta canta a queda da estrela da manhã, a referência é ao rei da Babilônia e não a um anjo caído. Há semelhante leitura cristã equivocada em Ezequiel 28: 12-19, em que o príncipe de Tiro cai de sua posição de "querubim protetor", ou guardião, do Éden e é expulso por Deus. Apesar da tirada espirituosa de Shelley, eu diria que a verdadeira dívida do Diabo é com

Santo Agostinho, teólogo cristão do século IV da nossa era, que é indubitavelmente o maior de todos os pensadores cristãos. O que poderíamos chamar de o Satã cristão é fundamental para *A Cidade de Deus*, em que nos é dada a história da rebelião de Satã, causada por seu orgulho e esmagada antes da criação de Adão, de forma que a subseqüente sedução de Adão e Eva por Satã é de importância secundária para a queda dos anjos. Agostinho também criou a idéia bem original, totalmente não-judaica, de que Adão e Eva foram criados por Deus a fim de substituir os anjos caídos. É pela queda de Adão e Eva que todos somos eternamente culpados e pecadores. Somente Cristo pode nos livrar dessa culpa.

Ao lado: Nossa Queda

Demônios e o Diabo – ou diabos – são mais interessantes em contextos literários e visuais do que naquilo que ainda são os textos canônicos da fé cristã. Mesmo Agostinho não tem interesse pela individualidade de Satã; para Agostinho, Satã é, acima de tudo, *útil*, um ponto sobre o qual ele assegura que segue Paulo. Eu mesmo sou leal ao sublime Oscar Wilde, que sempre tinha razão e assegurava que toda arte era perfeitamente inútil. Se você é o tipo de cristão dogmático que segue mais ou menos Paulo e Agostinho, então Satã agora lhe é mais do que útil – você *precisa* dele. Mas, se seus interesses

são primordialmente estéticos, então Satã
terá importância para você somente onde
ele tem sido magnificamente representado,
como o foi por John Milton. E Satã
interessava a Milton somente porque,
humanamente, a idéia de anjos caídos tinha
importância. Volto novamente ao meu ponto
central: se nós mesmos somos satânicos, é
principalmente porque compartilhamos com
Satã o dilema sobre o que significa ser um
anjo caído. Hamlet, como sempre, expressa
melhor a questão: "Que obra de arte é o
homem, tão nobre no raciocínio, tão vário
na capacidade, em forma e movimento, tão
definido e admirável em ação, como parece
com um anjo em apreensão, como parece
um deus! A beleza do mundo; o modelo dos
seres criados; e, mesmo assim, o que significa
para mim essa quintessência do pó?"

"Como parece com um anjo em apreensão": para Shakespeare, "apreensão" começa como uma percepção sensorial, mas depois se torna um modo imaginativo de expectativa. Hamlet, muito mais do que os heróis de Byron, é claramente um anjo caído; Horácio imagina revoadas de anjos cantando o descanso do príncipe. Em Hamlet – como até mesmo no melhor dentre nós – a qualidade de caído é dominante, contudo a apreensão angélica sempre subsiste. Isso nos leva de volta à eterna fascinação da idéia de anjos: somos um simulacro deles, ou eles nos sugerem, como fizeram com Hamlet, algo de divino na imaginação humana, com sua apreensão de que alguma coisa sempre está a ponto de acontecer? A expectativa que, em momentos sublimes, parece estar alerta em nós é um modo angélico de apreensão. Mesmo que anjos tenham sido sempre metáforas de possibilidades humanas irrealizadas ou frustradas, precisamos entender melhor o que estas metáforas indicam.

Descrições ortodoxas de anjos tendem a impor uma distinção rigorosa demais entre os caídos e os não-caídos, e assim tornam os anjos demasiadamente estranhos para compreendermos plenamente. Nos dias atuais, em nosso país, muitos de nós são bobos a respeito de anjos e os apontam por toda parte, sem muita reflexão. Não há grande diferença, na mente popular, entre John Travolta representando um anjo ou representando o presidente Clinton: um quase-querubim parece tão bom quanto o outro. Metafórica e humanamente, parece-me uma grande perda distanciar ou

depreciar a idéia de um anjo. Um dos mais
fortes (e ambíguos) encontros angélicos é
a luta, durante uma noite inteira, travada
entre Jacó e um desconhecido dentre os
Eloim, ou filhos de Deus. Ofereço aqui o
texto bíblico da versão do rei James, a versão
autorizada:

Levantou-se naquela mesma noite, tomou suas duas
    mulheres, suas duas servas e seus onze filhos, e
    transpôs o vau de Jaboque.
Tomou-os e fê-los passar o ribeiro, e fez passar
    tudo o que lhe pertencia.
E Jacó ficou só; e lutava com ele um homem até o
    romper do dia.
Vendo este que não podia com ele, tocou-lhe na
    articulação da coxa; deslocou-se a junta da coxa
    de Jacó na luta com o homem.
Disse-lhe este: Deixa-me ir, pois já rompeu o dia.
    Respondeu Jacó: Não te deixarei ir se não me
    abençoares.

Perguntou-lhe, pois: Como te chamas? Ele
 respondeu: Jacó.
Então, disse: Já não te chamarás Jacó, e sim Israel,
 pois como príncipe lutaste com Deus e com os
 homens, e prevaleceste.
E Jacó pediu a *ele*: Dize-*me*, eu te rogo, como te
 chamas? Respondeu ele: Por que perguntas
 pelo meu nome? E o abençoou ali.
E Jacó chamou aquele lugar de Peniel, pois disse: Vi
 Deus face a face, e a minha vida foi salva.
Nasceu-lhe o sol, quando ele atravessava Peniel, e
 manquejava de uma coxa.

No protestantismo, a história da "luta
de Jacó" é interpretada como uma luta
amorosa entre o próprio Deus e Jacó.
Antigas autoridades judaicas, a começar
pelo profeta Oséias, tendiam a identificar
esse "homem" sem nome como um
anjo. O novo nome de Jacó, Israel, foi

freqüentemente interpretado como o "homem que viu Deus", com Deus, de certa forma, recebendo o crédito de ajudar Jacó na luta para deter o anjo até o amanhecer. Nem a leitura protestante nem a leitura normativa judaica me parecem adequadas. Uma disputa que aleija alguém para a vida inteira dificilmente parece muito amorosa, e Jacó combate completamente sozinho, sua determinação contra a do anjo sem nome.

Quem é o anjo que teme o romper do dia? Alguns comentaristas antigos falavam em Metatron, enquanto outros (com os quais eu quase concordo) davam o papel a Sammael, o anjo da morte. Jacó, que receia ser assassinado por seu injustiçado meio-irmão, Esaú, exatamente no dia seguinte, embosca o anjo e o deixa partir antes de o sol nascer; recebe a bênção do

novo nome, Israel, e assim ele próprio
se torna um anjo, de acordo com textos
esotéricos posteriores. Sou suficientemente
heterodoxo ou gnóstico para observar que
o Jacó retratado pela escritora javista ou J
é um trapaceiro astuto, um sobrevivente
geralmente mais notabilizado pela esperteza
do que pela coragem. Realmente, sua
espantosa e temerária coragem ao emboscar
o anjo da morte só é tão persuasiva porque
ele não muda verdadeiramente quando
recebe a bênção angélica. Uma espécie de
anjo caído como Jacó, ele continua anjo
caído quando se torna Israel. Obviamente,
eu despojei de quase todos os seus sentidos
teológicos o adjetivo paulino-agostiniano
caído, de forma que, para mim, anjo caído
e ser humano são duas expressões para a
mesma entidade ou condição.

Qual é, afinal de contas, a relação entre o angélico e o humano? Santo Agostinho assegurava que tudo que é visível em nosso mundo está sob a supervisão de um anjo. Essa garantia não distingue entre anjos bons e maus, e eu cada vez mais reluto em fazer tal distinção. O Satã de Milton manifesta uma extraordinária percepção até que Milton, obviamente nervoso com seu protagonista épico, deprecia-o sistematicamente no quarto final de *Paraíso Perdido*. Essa é a diferença estética entre Milton e Shakespeare, uma vez que nunca nos é permitido rejeitar nossa simpatia dramática por Iago.

Milton, muito de acordo com o espírito da Bíblia hebraica, parece ter entendido implicitamente que anjos não eram uma invenção judaica, mas, na verdade,

retornaram da Babilônia com os judeus.
Anjos, fundamentalmente zoroastrianos,
surgem de uma visão de toda a realidade
como uma incessante guerra entre o bem e
o mal. Na visão de Shakespeare, bem mais
sutil, cada um de nós é o seu próprio e pior
inimigo, por motivos que têm pouco ou
nada a ver com o bem e o mal.

As apreensões angélicas de Hamlet
ajudam a destruí-lo porque lhe ensinam que
podemos encontrar palavras apenas para o
que já está morto em nossos corações. Capaz
de pensar como um anjo, Hamlet pensa
demasiadamente bem, e assim sucumbe
à verdade, tornando-se pragmaticamente
uma versão do anjo da morte. Hamlet
é para nós embaixador ou mensageiro
da morte, e, embora sua mensagem seja
infinitamente enigmática, ela se estabeleceu

como universal. Parte dessa mensagem é
que o angélico e o humano são virtualmente
idênticos, embora isso não seja uma
equivalência feliz. O combate com o anjo
na peça do príncipe Hamlet não produz a
bênção de mais vida, embora, ironicamente,
conceda a Hamlet um novo nome. Digo
"ironicamente" porque o nome ainda é
"Hamlet", mas, quando pensamos no nome,
pensamos apenas no Príncipe e não no seu
pai, a quem conhecemos como o Fantasma.

Ibn Harabi, o grande sábio sufi
da Andaluzia do século XIII, alterou
singularmente a metáfora bíblica da luta de
Jacó com o Anjo. Para Harabi, que seguiu
fontes místicas judaicas nessa interpretação,
era melhor falar não de um combate com
ou contra o Anjo, mas sim de um combate
para/pelo Anjo, porque o Anjo não pode

se tornar uma verdadeira pessoa como forma sem a intercessão de um agonista humano. Obviamente, o Anjo de Harabi é tudo menos uma representação da morte, e mesmo assim eu quero adaptar a idéia de um combate *para* o Anjo aos meus próprios objetivos. Anjos caídos, demônios e diabos são meramente figuras grotescas e fascinantes se não pudermos fazer nenhum uso deles para nossas próprias vidas. Nós não somos Jacó nem Hamlet, embora, como Jacó, tenhamos a esperança de deter o anjo da morte e, como Hamlet, meditemos melancolicamente sobre "o medo de algo após a morte, / o país desconhecido, de cujos limites / nenhum viajante retorna".

Nossas imagens contemporâneas de anjos são todas misturadas com visitas de alienígenas, seja na benévola fantasia de

Contatos Imediatos de Terceiro Grau ou na fantasia autodestrutiva de *O Portal do Paraíso*. Imagens de uma transcendência perdida rondam nossa cultura popular. Às vezes, essa nostalgia me deixa perplexo, porque somos uma nação loucamente religiosa e, se acreditássemos verdadeiramente naquilo que professamos, não buscaríamos tão ansiosamente provas materiais do mundo espiritual. Mas aí me lembro de minha formulação favorita, de que a religião, na América, não é o ópio do povo, mas, na verdade, a poesia do povo. Angelismo é uma poesia populista, e talvez possa ser parcialmente redimida de seu sentimentalismo e de sua auto-ilusão se pudermos encontrar nossas próprias versões do "combate para/pelo Anjo". Ao classificar todos nós como tantos anjos caídos, pretendo sugerir que uma dessas versões seja abordada.

Queremos que demônios e diabos nos entretenham, de preferência a uma distância segura, e que anjos nos confortem ou cuidem de nós, também a uma distância segura. Mas anjos caídos podem estar desconfortavelmente próximos, já que eles são nós mesmos, por inteiro ou em parte. Nossos filmes sobre Frankenstein nos têm dado um monstro famoso que simplesmente não existe como tal no romance romântico de Mary Shelley, *Frankenstein, ou o Prometeu Moderno*. Nesse livro, Frankenstein é o cientista prometéico que cria não um monstro mas um *daemon*, que faz um singular

apelo a seu criador moralmente obtuso: "Oh, Frankenstein, não sejas justo com todos os outros, para só espezinhares a mim, a mim que mais do que ninguém devo merecer tua clemência e afeição. Lembra-te de que fui criado por ti; eu devia ser o teu Adão, porém sou mais o anjo caído, a quem tiraste a alegria por algum crime não cometido."

As frases pungentes de Mary Shelley transformam o anjo caído em outra forma de Adão, o que me parece exatamente certo. Em relação à morte, outrora fomos o Adão imortal, mas, assim que ficamos sujeitos à morte, nos tornamos o anjo caído, pois é isso que significa a metáfora de um anjo caído: a esmagadora consciência da própria mortalidade. As apreensões angélicas de Hamlet são sugestões de mortalidade mais agudas do que as disponíveis em outras partes, em matéria de literatura imaginativa. O dilema de ser aberto a anseios transcendentais, mesmo que estejamos presos dentro de um animal mortal, é exatamente a situação do anjo caído, isto é, de um ser humano inteiramente consciente. Velhice, doença e a própria morte eram vistas como demônios na maioria das tradições do mundo, e a dupla de "morte e o diabo" é uma das mais famosas expressões cristãs. Anjos caídos, não em qualquer sentido ideológico, mas como imagens da situação humana essencial, são muito mais fundamentais para nós.

Acho que a atual obsessão americana pós-milênio pelo que chamamos de anjos é principalmente uma máscara para a fuga americana do princípio da realidade, isto é,

da necessidade de morrer. Há muito pouca
diferença entre as chamadas experiências
de quase-morte e o cultivo popular dos
anjos. Tanto as experiências de quase-morte
quanto o angelismo têm sido fortemente
comercializados. Inversamente, a leitura em
profundidade está em declínio, e, se nos
esquecermos de como ler e por quê, nos
afogaremos na mídia visual. Anjos caídos,
como enfatizam Shakespeare e Milton, nunca
devem parar de ler. O consagrado Emerson
certa vez observou que todos os americanos
eram poetas e místicos, e isto ainda é exato,
mesmo que a poesia e o misticismo sejam
muito freqüentemente adulterados. Mas
esta é a Terra do Entardecer; nossa cultura,
tal como está, declina para o crepúsculo. O
anjo do Entardecer está à mão, caído mas
impregnado de uma vitalidade final. Os

Estados Unidos não são agora esse anjo?
Saber conscientemente ser um anjo caído
não é a pior das condições, nem a menos
imaginativa.

Angels in America, de Tony Kushner, é
provavelmente nosso mais recente exemplo
americano do sentido em que todos nós
somos anjos caídos. Os anjos de Kushner são
abandonados por Deus e decidem processá-lo
por deserção. Infelizmente para todos nós,
Deus contrata como seu advogado de defesa o
verdadeiramente satânico Roy Cohn,* e assim
os anjos perdem o caso. Como parábola para
nossa situação atual, a visão de Kushner é
magnificamente adequada.

---

* Advogado norte-americano, braço direito do senador Joseph
McCarthy nas investigações anticomunistas da década de 1950
e na acusação de Julius e Ethel Rosenberg (1961), processados,
condenados e executados por espionagem. (N. do T.)

Quais são os usos de uma consciência de ser, em alguma medida, um anjo caído? Minha pergunta é inteiramente pragmática, assim como minha resposta. Amor e morte, segundo a revelação do hermetismo, surgiram juntos quando o andrógino Divino Homem criou pela primeira vez algo para si própria ou si próprio. O que ela criou era um reflexo de si mesma, visto no espelho da natureza. Naquele momento de criação/reflexão, nos dividimos em homens e mulheres, e também, pela primeira vez, adormecemos. Assim, sono e amor nasceram juntos, e amor gerou morte. Esse mito

hermético é mais do que um pouquinho
desconcertante, mas, para mim, explica
nossa queda bem mais engenhosamente
do que Santo Agostinho. Eu não chamaria
Shakespeare de hermetista, como o fez
Frances Yates, porque Shakespeare contém
hermetismo como contém tudo o mais; o
hermetismo não pode conter Shakespeare.
Mas acho que Hamlet encara os dilemas de
amor e morte com espírito mais hermetista
do que cristão ou cético. Hamlet é um anjo
caído no sentido hermético; ele aprendeu
que o amor, seja erótico ou familiar, gera
morte. "Nós é que somos Hamlet", disse
William Hazlitt. Nossos impulsos mais
criativos nos impelem para um confronto
com o espelho da natureza, em que
contemplamos nossa própria imagem,
nos apaixonamos por ela e logo caímos na

consciência da morte. Embora eu chame
esse angelismo de "caído", ele é a condição
inevitável sempre que buscamos criar algo
verdadeiramente nosso, seja um livro, um
casamento, uma família, a obra de uma vida.
Não posso instar vocês, nem a mim mesmo,
a celebrar um angelismo que contempla
tão profundamente o paradoxo de que o
amor gera a morte. E, no entanto, esta é a
glória dolorosa, ou a dor gloriosa, de nossa
existência como anjos caídos. Vamos
chamá-la de *Yeziat*, "sai daí", Abraão saindo
de Ur, Moisés, do Egito, ou Jacó *para* Israel,
a Terra Prometida de Javé.

Conheça mais sobre nossos livros e autores no site
www.objetiva.com.br
Disque-Objetiva: (21) 2233-1388

Impressão e Acabamento: